赤い河を渡る

関　中子

目次

赤い河

赤い河

新区画

静かな爆発　花の破片
星降る道が消える

夜を遺作にする　建築ラッシュ
古いことばはカーテンに仕切られる

警告音源を探す高台　流れる人々
空の掌握をはじめる新区画

夜は赤い道　朝は銀の道
朝は赤い道　夜は銀の道

日が残る　夜が来る

不安定な境ができる
風はざわめき　鳥は鳴く
あそこ…　あの影のない斜面
人が二人
人の間に　日が残る

ありふれたことばは立ち止まる

夜が来る

白い香を押し
歩こうとして骨を鳴らす
夜が夜を狩る不穏
人の間を
動く

闇は人の間に滴り　地にからむ

凝縮されていく
骨の音
水を編み
ひかりは降るか
ことばを綯う　人は分かれて

あまりに長く過ごせば　知り合えるか

去りゆく人々

風が木のように立っていた
ドームの椅子は背もたれが自在に動かせる
千円札で買った二時間の短い夜を
満天の偽星のおまけつきで
だが　風が木のように立っていた
夜と闇は何かが違い　風と木はどこかが似ている
満天のおまけの偽星がさらにおまけで時々早足で歩く
どこから来るのだろう
どこまで行くのだろう

そり合わない椅子

けんか別れした君の赤い尾灯は火山流のように流れるだろう
河になった君は闇に帰るだろう
ドームに陽は昇り陶酔は沈み
偽星は色薄くはかなく身を隠してしまう
夜に川にかかったつもりのほのか橋を渡って帰る
そんな人がどれほどいるだろう
千円札で買った二時間の短い夜はかっきり二時間で終了
本日は・・・・・
時代劇の印籠と同じで定番の放送が幕引きをする
ドームの椅子の背もたれを起こして
何食わぬ顔で去りゆく人々　星はおまけをせず
闇は夜の入り口を滑りやすくした
だが風が木のように立っていた

肩にふれる君

あなたがいない街に
網目　粗い網目　入り組んだ入り江のよう
こぼれたもの　とどまったもの

ほうら　はっとする
またひるがえる

畑の人が去った跡を
消したものを追う目の粗いざる
掬われる姿は遠くてもおどけて見える

やるせないわ　あなたはさらに向こうなの

力強い動き　あふれるあたたかさ

他には　何もない
わたしに肩を組ませるその君と
何かを拾い上げ　去ったあなたの肩に置きましょう

赤い河

なにげない動きを覚えていることができなくなって
わたしは声をあげる　おまえのことだよ
都市に生まれて都市を纏って動く

赤い河　檄をとばす

閉め切って都市の一部なのに風は間隙を見いだし流れる
ありふれた空の静けさを引き継いだ証です
けれど見せかけです　空はないのです
風は部屋に生まれたのです

ああ　知っていたでしょう　一つの曲でありながら
これほどに違う曲になっていくのを
風は部屋に生まれたのです
そこが住みかです

赤い河が　檄をとばす

現実はここにある
黒い裏地のカーテンを買い
外灯は街角の視野の具合を備える
錯綜する立体画面へ速やかに泳いでゆき
風は　外の響きをずらす

おまえは何をした
夜も休まずに　都市の心臓は
目立たない慣れた時を　いのちに変えたのだ　わたしは
なにげない動きを覚えていても憂鬱　邪魔になるようになった

あの頃は…
「すぎゆく」は夢　「はるか」は風
星は水に落ち草原をかきわけ　朝や昼や夜に
尽きない貧しさよりも食卓を豊かに思いだすのはなぜだろう

カーテン

裏地が黒い

カーテンを引く
激を聞く
飛ばす音が聞こえる
眼を閉じる
肩の荷が降り　時空は一瞬ゆっくりする
世の中はおまえの世の中から失われていく
おまえはまずおまえを忘れてしまう
のんべんだらり

顔がいらない世界がひろがる

赤い河がなだれこむ

連綿と引き継いだ如何なるものがおまえなのか
何をするものをおまえと言うのか
この問いは
止まるな　止まれないのだ
白い内壁のまぶた
赤い河が決壊し
シャボン玉が生まれ　笑う
創造そして発明　遊びたいかな
遠い今日が一瞬爪先に現われ
けれど　止まれない

岩盤崩れ

そのとき風が水の嘆きをしゃべった
水の声が膨らんだ
夜が闇を与えたが消すことはできなかった
触れるものではなく聞くものとなった水の嘆き

次の日　対岸で転がり落ちる
秋の景色は　向うみずに
現われてくる春に出会った驚き
深く広がる岩盤の亀裂から放出される
風ははなやぎを潜ませ

行きつ戻りつ
伯母たちは楽しんだ
伯母たちの手は次々と彼女たちを離れ
水にたわむれる

船遊びは秋を引き
白髪まじる春は幕を淡く下げ
岩盤の亀裂から放出される息吹
そのときも風が崩れる水の嘆きをしゃべった

答えを準備できるか

休息は夜の贈り物
古い考えだ
さあ　型をつけてしまおう
あと二十年　あと十年　そうして四十年
一足飛びに明日へ飛翔しよう
死や生の皮算用　夜を自由にさせよう
想いを楽しもう

君は答えられるか
答えを準備して来たか

古いことばには古い考え
ぐだぐだと昔語りが始まる前に
夜と休息の連結を切り離してあげよう
人となる　都市を持とう
新たなできごと　人となる
昂ぶる恋人たちの口癖に似ている
夢のことば　人が実る
ときめきに
永遠に
決まり文句は　都市を気に入っているか

受け入れよう
簡潔に　完璧に　都市の生活
都市に住もう　都市のときめきになろう

太陽に縛られず　大地を紡いで歩く
人による自由　人を憧れる自由
利便活況飛躍多様性豊潤
都市を育てる
ことばは人を惹く
ことばになって都市はふくらむ
決心は続くか　窓を開けて明日を見る
明日こそはあそこの型をつけてしまおう

飾る記念樹

夜との関係を変える
初めて見る　初めて知る　初めて体験する
伐採木　移植樹　表土が顕われ風に舞い
休息は人が自在に仕切る空間にある
ここに駅前広場　新しい住みか
五本の若い樹
剪定樹
高鳴る振動
震える腕を伸ばす
現れた若い胸　いきなり花を押し出す

葉を帽子のように頂き
何をやり残したのか
何を省略したのか
古く太い見事な幹そして華麗な色と香り
将来を贈る
だれに
山中の切通しを渡る橋を見に行って十年余を越え
君はどうしている　都市は走りだす　赤い灯を吐いて

未来　嵐を先物爆買いする
五月のある午後　昨日と別れる
記念写真をとる
笑い
涙

記憶を埋葬する指先
きらきら旧の住みかの入り口に立って陽炎揺れる
早き淵の川　渡り初めの橋に知り人の文字
答えられるか
君は　答えを準備できていただろうか
黄蝶　都市の触角　何本が定型かな
いち早く連なって交叉路の信号へ
さて　家々に紙面を回覧する
古いと言われる人手で

泳ぐ

何かが後ずさる
月はいつの間にか膨らんで流れ
遠くで赤い橋は　打刻しつづける
街路灯がまぶしくて
何かが後ずさる
延々と
輪郭を引っ張り
広く　高く　深く　重層細密に変わる時空
君は都市を作っている

君は気づいていたか
君は次々夜を作っている
空が話しかける
人の休息は地上に点々と飛ぶ
まるで星だね
地球は休息を夜に約束していたのだよね
月の移動をこころからいち押し
ことばになる喜びへいち押し
星はまばたきをしたよね
約束したよね

引っ越しの家
昨日の夜を見ない家族
その答えは準備し続けられるか

砂漠に横たわる　未来の夢に犯された人魚
休息　たっぷり一錠　都市の谷間へ
君は続けられるか
水を漉き返す根　土を渡る静けさ
答えの準備は
この大切さはどこへ舵を切る
君は微笑んで
縁側

暗くなって人の身は何を繋ぎたいのだろう
陸にあがった魚よ
薄れる古い記憶に　夢はこうであったのか
夜が包む都市と都市が囲う夜
語る夜

握りずしがおいしい
昼間　ちょいとスーパーに行った
いつのまにか明日が衰えて部屋の畳に
畳の縁に躓く
不意に泳ぐ

旅立ち

切り取った窓を伏せる
近づいてくる声
一幕を
場の流れを
育むものの願いを
伏せた窓を想っては切り取る

しがない働き手は
尋ねる
自由奔放な脳を遊ばせたい

四角四面に真っすぐにとっかかる勢いで
働き手である心臓も肺も胃も腸も駆けめぐる
ことばを変える轍のゆくえにはまり
軽い足取りから背がかしぐ
重さへ　浮かんだ気配
ゆくえは　どこ
窓に吐息

青い空は吹く風に紛れ
問いがこれ以上
ことばに変えられないなら
わたしに伝えられないのなら
ひとつひとつがどういう存在になれる
企ては停止　か

もっとふさわしい何かがあるかもしれない
行為する
ひとつひとつは旅の途上
だからまず命名を認めよう
延々と負に生まれ　負を負う類のことば
その数増すとも　嫌悪　羞悪　醜態　そして憎悪
怠惰　包めよ
夢に変え

近づけば悲惨
繰り返しの哀悼飛散する
哀惜
停止で見いだせるか
夢がわたしであるなら　わたしが夢に

命名に身をゆだね　手に伝え愛でるのは
率直に問えるか
過去を育むものはどこへ行く
育まれたものはどこで何をしている
働き動きつづけるわたしは何をしたい
暖かく夢を飲み込めるのか

人に溺れて窓が溺れる
明日が標を建てているらしい
出かけるか　風景の中へ
風景をこぼす
わたし
わたしこそ風景へ
社会的制約を糧にこころを拾い

気弱いこころかだれかをだまして
わたしを知らないわたしよ
育まれ育む制約をいくつか知りえるだろう
及ぼす悲惨　悲哀　停止　終焉　憂い　風景　ことば　幻影
鏡にも現れない自分の眼の焦点　人の眼を放つもの

窓の奥で
進み行き消え隠れる姿
呼びかけて今日を認めさせる試み
全てを知り得る進歩が欲しい
わたしが望めば
わたしでない君も望むだろう
世界中で　人はそうしたい　どこで気持ちよく会えるでしょうか
望みを叶える手立ては

助っ人は地球上で見つけなくては

人は地球上にいる　で　その満足と憧れは

りんご酒で祝杯

カンパーイ
崩れ出すりんごのことば
りんごは液体の味になってしまった

グラスの底から一掻きし
輪の真ん中で君は笑って言う
明日は晴れるかしら

やっぱり扉は開いたわ
いつものことだわ

そしていきなり嬉しそうに叫んで回る
祝杯だわ　祝杯

カンパーイ
崩れ出すりんごのことば
りんごは融体の味になってしまった

ひとときの後　首をひねって虚空を見返り
どこへ行くの　夢の途中の夢で　扉を開けたわね
わたしの方を向くのにわたしの向こうを睨んだのね

最後はいつも去った
一本の土地慣れしない若いりんごの木と
その枝々や葉群の合間にあるはずの海のあたりへ

何を思って　何が恋しくて
わたしのもとへ来　待たせ　置いていく
君はいつもここに現われることを分かっているのだろうか

カンパーイ
ことばを忘れては現れ　思いだしては現れ
生まれては去り　生まれては去り
君が望むものはわたしの手のうちにあるのだろうか

沈む逆光で卓は黒い森の光輪となり
グラスの口は森の池にまっすぐに吸いこまれる
するとわたしは眼で確かめたよりずっと黒い森に閉ざされる

去ってゆくわたしは君より後を歩けるのに
君の悪　君らの妖かしに迷い
ここは果て
それもわたしの至らなさ　希みを持たない空白を閉じてゆく

口もとに笑み
明日は晴れるかしら
酒水底から一掻きで着いたわ

耳慣れた小鳥の声と夕暮れと

あきるほど聞かせた声音を
夕暮れが訪れると開かれなくなる造りの窓辺によれば
耳慣れた小鳥は誰に伝えたいというわけでもない
誰に知られたいということでもない
わたしもその声に用がないような気がする
小鳥の黒い姿は　音符になる小枝に
もう一歩も先に進もうとしない夕暮れを見つけた
それは声を葬った小鳥を射る

わが身を駈け上る　何か

そうだ　外に出よう　忘れていた欲望があった
射てくれ
時を過ぎればわが身さえ忘れかねないから
だれに意思があるか
木陰に佇み　木の間に潜み　葉を返し
用心したのに　落ちた小枝を踏む
身の置き所を物音に聞く
小鳥よ
音符を落下させる射手に向かう
未来の小鳥には羽根がなくくるくるめまぐるしく
回る黒い眼も失せ　だが声は波間をきらめかせるつもりか
音と羽根を失って地上に残されて続くひとすじは
万里の長城へもモンゴルの草原へも

瀬戸内海の島々へも
立ち　ひた走り
窓を開けよ
ひたすらひたすら飽きることも忘れ
音符の影を見せ　射よと

ことばの昨日をいくどもこころに引き
用もない
そうふるえる

絶望を飛べ

どこまで楽しめるか
いつまで続くのか

　なれど飛べ
　こころを捧げて

生ある鳥の声を聞いたことがない
賛を贈るが
現に遇っていない

誰かが撮った映像が肩に止まる

鳥よ
鳥の声を慕う五本の弦がある
鳥が真っ逆さまに木っ端みじんに
空では雲となって地では土になっても
鳥の声を慕う五本の弦がある
鳥よ

人は生を捨てよう　それ以外に何がある
はやり世を過ぎる　迷わせるできごと多く

こころを捧げられるか
なれど　飛ぶか

鳥が鳴く
絶望へ向かって　と聞こえる

*

旅へ誘う

青い氷のカレンダーを切り取ったら
菜の花がいちめんに広がっていた
わたしは元気に帰ってきた
用事を思い出した
ひとつの安らぎを大地に満たしたことで
さあ　行こう　みんな
そう声をかけても罪悪感がない
死に向かいかけてはずむ絵　あざやかなボール
風はくちびるを溶く
転がれ　みんな

水の流れのように落ちあおう
青い氷のカレンダーを切り取ったら
菜の花がいちめんに広がった

贈り物

他人の黒い眼を走って
躓く
君
大きく　おお

輝く
憂いさせ
勇気づけさせ
わたしたちを包み

大きく　おお
最後の贈り物がまたとない楽しみとなるように
この世で力をこころと言い尽せるなら
あなたは　何を　想像するだろう

大きく
人を微笑ませ
憤らせ
悲しませ
わたしたちを悩ませ

距離を　輝きを　微笑みの糧を
ことばにつくり続けられるように
もはや　わたしでありませんとしても

こころ　君でもないでしょうが
わたしでもない
わたしたち
地層かな

*

都市の水

序をおく

こんな降りなら　降らないほうがまし
こんな不意では　さんざんだ
だれかの傘の骨が曲がろうが
浅い軒下　滑る波
これも夕べの残りものかい
わずかに開く窓の内では　まだきのう
やまず　激しい
いまさらどう　雨はあがろうか
軒を出ていった人もいる

知る人が　来るか来ないか
並木
雨しのぐ　木は傘
大きなゆらめき
予感
恋の走り
雲梳いて素早い薄陽もよう

顔には出ない独り語り
こうでなくては飛びだせない
濡れるのはやはりわずらわしいが
この部屋はどうかしている　軒も短い
と　時打つ　小雨
小気味よく

良き人に　会うか会えないか
さらさら流れる身のこなし
すらり流れに立つ人
つらつら駅へ
向こうから一本の傘　山のように押し立てて二人
乱れる歩足もわずかにあるが
溜まりに留まりがちな瞳を切り捨て
水の合間もいじらしい
霧になりそうな粒が服に腕に髪に手に
人肌のよどみが雨に映る　霧のような風が襟に入る
さわりさわり　つらつら
すらり

四阿にうろんなひかりが四つ

眼が珍しい熱を帯びた初老の男が二人
眼に通り道がある
相合傘が駅に向かっても
奇形に香る
射程距離は動かない
急ぎ足で並木の傘を跳び
と思えば
ピンク色の花がこんもり自然めいた岸辺を覆い
そこから出て人を抜き去る女
四阿の老いの感性
水際の　空木溶く若さ
ちがう　ちがう
雨の音聞く　四阿
同じものを見ている老い

二人が四人になっても聞こえない短いことば
たいして意味がない
とりとめもない　落ち着いた波瀾に
後から来た男が履物を見せ　置く
だが　先人のつまらない話に
用ある序をパンとはたく

雨はきつくこすり
やせた水を繕う　四阿の脇
できたての小川
追う
過ぎし日のすがた
小さい名のある川に注ぐ集い
海へ　さあれば序　まだ海を見ないから

なお曳く序

海と空　そこに降る雨の曲をいくつか想うだろう

雨を綯う　まもなく尽きるらしい其々の憧れさえ　きっと聞ける

雨季にいる

現れたきのう
風に転び雨にあやつられる
わたしは耳をふさぐ
いのちを失ってもまだ揺れる
水の上
古風に感じよ
空の青さや金色に輝くひかりのおもかげを枕に

とある葉がいつか歌の主となって戻ってくる見込みはない
心地良い家なのに

閉じこめられた気分でいっぱいだ
どこへも行くことができない
心地よいのに
ぽつり

そこいらじゅうに散り散り積みあがる
雨が空という空を自分のものにし　地で
ものを考えるのは水の中の唇と一緒にいるようなものだ
話してもただぼこぼこと泡になり上に向かっていく
戻ってくることはない
わたしは
わたしたちになり
わたしたちはそうなる前に家を建てた
雨が入り込めない終の棲家の快活な家を建てた

陽のひかりにまさる明るい明かりを家の空に常に置き
夜と昼を自在にし
喜びを築いた
ひかりと闇も自由にする　作られ生まれる輝きを手に入れる
世界はこれだ
しばらく後にわたしを包んだものは絶望だ
わたしはもはや外には出て行けない
わたしはもはや外では暮らせない
わたしの夜はわたしの家にあり
わたしの昼もわたしの家にある
君はどうか
種は人　同罪だ
君もか　人はそうなったか

それほど愛し合ったと言うべきか
だがここにあるのは絶望だ
わたしたちは一歩も人の外へ出ない
ものを考えるのは水の中の唇と一緒にいるようなものだ
話してもただぼこぼこと泡になり上に向かっていく
そして　戻ってくることはないのだ
世界はこれだ
窓の向こうで死にかけるひとつの葉に隠れる
若緑の葉が滅亡を願って音をよこす
風は転ばず　雨はあやつる
ふたたびの歌の形は恐ろしい

ここは壮大な墓地のようだ
あそこもここもみめうるわしい墓石だ

雨がへめぐり　絶え間なく音を歌に運ぶ
茫然とみつめる
わたしのものにならないその音を
歌に変わっていく　歌を求めて
聞き飽きたと言う思いさえ軽やかに吸わせる
夢に恐ろしい声が聞こえる
壮大な墓地の町にいる
貧者も富者も住まいする
貧者も富者を望み　富者はさらに富者になろうとし
みな富者になりたがる
ここにいる　恋するもの
舵を取ろう　わたしたちは雨季にいる

都市の水

わずかな縁（ふち）を吹き寄せ
じわり　土が靴に押し出され
水がつぶれる
透明に暗い
水が集められない深さへ
透明を踏まなければ残ったはず
発する重み　ひるまず歩く

水があえぐ
だからって　だから歩き続ける

肺をふさぐ音　耳を覆う見えない気配
歩くしかないじゃないの　なのに
突く　指す　狂う
追え
見た目には　柔らかい手の静かなふるまい
風を切る　邪険に行く　追い出そう
過酷に優美に都市は追い立てる

水はすさむ
絶えず絶えず
きのうまでどの水で手を洗った
どんな声に変わった
どの水を逃すふりして追いやって
耳を眼を額を髪を歯を洗いとかし磨いた

食べ物を調理した

追い出された道　追い出した者たち
ギロチンがギロチン台に横たわる
彼は台に握手をしただろうか
靴にかかる重みで
空に逃げる道
さらにその前の忘れられる道
良きことを人の縁のわが身に納得させよ
内容物を待つ棺の解決のために話しかけよう

跡をつける　都市の水の　廃墟

都市の頭部が水の流出と流入にあえぐ

忘れられた通行
跡をつける
歩み続けて　踏み続けて
古い瀕死の溝で街を縮めて突っ切ろう
今まで気づかなかった波紋が
溝からあふれる
夢をふさぐ音

耳を覆う姿になる
人でないものから人の声が飛び出る
靴に染みる　水の温さ
水の身体を裂く
ここに　この都市の頭部がある
感覚となって　身震いとなって萌える
見た目にはとても静かな命が生まれるようなのに
遠めには遠のく死の絶望があり
滴る
目尻からも
ことばが吹く
息を見よ　息を誰がしているか

すさんでいる

明日はないのかもしれない
不安が的中するのを待つ　どういう心境か
待ちたくはないのに待つ　人だからか
きのう水はどうだった
きのう水で何をした
おととい　水はあったか
あったか　あたたかく
なかったか　名さえ流さなかったか
なかったか
覚えているのか　いないんだろう
気にならないんだろう
水をどこから受け取ったか
地からすくい取ったか
忘れたのだろう

さらに忘れる道を作ったか　忘れるのだろう

夕食の喜び時
意欲にふりまわされる
朝食の時　人満艦飾の標を立て
砂で洗う手　砂を思って　手を労わって
葉でぬぐう顔
テレビで覗く顔
人の手を借りる髪
風に梳き太陽で乾かす髪
あんなふうに生きていけるか
溝は痛み　渇ききり水の手あがる
歩け　絶えず歩け
絶えず歩け

身を映したくとも映す鏡面がない
水の流出と流入にあえぐ都市の頭部よ
蒸発の日々の跡を記すひび裂けて
痛む時　人の時痛む
歩け　絶えず歩け
絶えず歩け

離れ若葉　雨の後で

人が森を梳いた
雨粒が森をぱらぱらこした
陽のわだちがガラス橋を屈折し
離れ若葉は建設途中を通る
為すべきことに行きつかない水に問いを添えると
雨は止む
葉脈は受けて浮き名立つ
仕上げの風は離れる葉を空高く掬い
思いのつづりを起こし
昨日の空白を縮める

陽に狩られる獲物よ
ひかりに報われるようなことをしたか
報いを受けると不安がるよりも
報われるようなことをしたか
うつりぎなとりわけうつりぎなきょうのわたし

街路に飛び立つ
ついておいで　ついてこられるよ　遅すぎるくらいだ
離れ若葉は建設途中を通る
どこに芽生えよう
不安など
陽のささめきに心地良く雨が葉から落ちる
傷は癒えるさ

太陽がうわの空で通過する
間には空があるから太陽の疲れは取れるよ
雨は洗ったがその後を
ついていけない　早くて　優しすぎるの

対話の相手　野の夢

ときには風のように拒めないもので
生まれてくると言うか置き物で置かれたと見るか
すぐに消える虹のような夢か
彼は気がつかないが　眼の届く範囲にいる

いま思ったこと
忘れないで
わたしがわたしである確かさを

ともかく気持ちを納め

退屈な授業を受けた証を記録した
黒い文字は土のように白いノートに畝を作り
極上の獲物が
時が走ることを早くも予想する
講師が退出する

何を植えよう　思いつつ誰かの口についていく
より親しげに振る舞いを重ねていく
出会いをやり過ごした彼をもう一度見ようとするよりも早く
眼を摘むと　輝きが干乾びる
一区切りのひもになった石段のみみずよ
退屈な記録は済み
陽を見送る
回り灯籠のただ中に立つわたしのことも

家々の屋根も　窓を開け放ったまま
ゆるやかな流れに落とし
輝く眼に出会い
野の夢に

歩くたびにわたしを出て
わたしに戻る髪も瞳も息に胸の戸口をさがす
戸口の先に
変わるわたし　往き来する日々
映る姿と眼をしまう姿とどちらも先へ

いずれがわたし　いずれもわたし
忘れないで　想って
わたしがいつまでもひとつ姿であることを

山栗が実を結ぶ前に水に落とした一葉の舟が
見えなくなる　影を夏草陰に曳き入れ
波の紋は広がる　疑問が浮きあがる
いくつもの脈絡を残し
試みよ　思いみよと

たったいま忘れてしまうべきか
ことばになった問いを
赤い服とか　白いパンツとか　変わった持物とか
犬を連れたとか
心持ちのことか　人であるか
不幸をもたらすのは　人ではないか
反転はない

空白は薄れては遠くなる
誰もはらまない　食わない　夏草影は震える
舟は風景に名を移し
見えない違いは風の滑らかさに至り
おだやかな日

来る日も過ぎてゆく日
わたしがわたしを忘れないで
もし彼に出会えるならことさらにあふれ出て

なだらかな草原で舟に乗り　影になり
舟は静かに時をよぎる
彼は　今はどうしているかな
拒めないもの

置かれるもの　夢のようなもの
消えかかっている
彼の所為と言えない寂しさと不安が空を走り
野を越えて流れこむ

笑う食事

ぽたぽた　ほどよい陽の塊
間合いよく出会いを受け止める
つと浮かぶ憂い　溝に足を突っ込む

ほろほろ地球の反対側
ほほほほ霧が泣く
休息時もほろり
山吹の黄のようにまるく
長い生死のわずらいも野の息に遊び
溝への思いは自分のための温かさから始まる

ことこと
思わず　眠りから覚めた
よかった　今日は
笑う食事です

まず

目が覚めた
水に出会った　トイレで
何もしないのに
用が済んだらザーと用を消した

風と空気がドアを開ける気をそそる
太陽光が反射を繰りかえし走って行く
次は台所　水道の蛇口　わたしは飢える
ひねらないでワンタッチ
冷たいに出会って

シャキッと熱く
レバーを回す
来た　温水

冷蔵庫を開ける
冷気
ペットボトル飲料水
きのうの会合で手に入ったよ
玄米茶にしてみたよ
冷蔵庫を閉める

仏さま　お茶をどうぞ
供花の水　百日草の
つゆ草の

次はどの花　庭にはないね
山百合　まだまだ

先日の雨の残りが雨桶にある
蚊よけ葉っぱよけに網を張った桶
水　だいぶぬるい
土　湿っている
まず草むしる
溜め水撒く

陽気なあした

ほうら　天はこなごな
水は天からもらい水
歌
そうかなあ
そういう気分で庭の花は咲くだろうが
そういう思いで木々は空を指していくだろうが
探索ロケット飛んで
水は金銀と同じ　人のさがしもの
水は人が分けるから　いつごろからか認知される
分ける人のもの　取りあう地球環境

そんな世ではないか
天からではあるが

蛇口ひと押し
閉じれば次の水になる
流れ流れる次から次
水音も欲
じゃがいも　人参洗って
玉ねぎ　皮むいて
夜から朝からカレーライス
暑いから暑さで
いただきます
身体の水が噴き出て冷蔵庫
冷水　思いっきり

音立てて
ひゃっこーい　飲む

水　水
全開　半開
水は水道管からやってきて
人の身体中を調整点検選択して
オッケー　グッバイ　グッド睡眠
今夜夢みて　陽気なあした　いつまで明日
明日はほしいかい

赤い河を　渡る

二〇二五年一月二〇日　発行

著　者　関　中子

発行者　後藤聖子

発行所　七月堂
〒一五四―〇〇二一　東京都世田谷区豪徳寺一―二―七
電話　〇三―六八〇四―四七八八
ＦＡＸ　〇三―六八〇四―四七八七
july@shichigatsudo.co.jp

印　刷　タイヨー美術印刷

製　本　あいずみ製本所

ISBN 978-4-87944-592-6 C0092